W9-BYK-933

Copyright © de la edición en español (2012):
Parragon Books Ltd
Chartist House
15-17 Trim Street
Bath BA1 1HA
Reino Unido
www.parragon.com

Traducción del inglés: Rosa Plana Castillón para LocTeam, Barcelona
Redacción y maquetación de la edición en español: LocTeam, Barcelona

ISBN 978-1-4454-9916-1

Printed in China
Impreso en China

Buenas noches, ositos

Texto de Margaret Wise Brown

Ilustraciones de Julie Clay

Érase un oso grande
y soñoliento,

y un osito pequeño
y soñoliento.

El oso grande
y soñoliento

dio un bostezo enorme,

y el osito pequeño y soñoliento dio un bostezo pequeñito.

Entonces, el oso

grandullón

se estiró hasta

a r r i i i b a,

y el osito pequeño y soñoliento se

e s t i i i r ó un poquito también.

El oso grande y soñoliento
se metió en la cama,

y el osito pequeño y soñoliento
se metió en la cama también.

El oso grande y soñoliento
se recostó sobre la almohada,

y el osito pequeño y soñoliento se
recostó sobre la almohada también.

El oso grande
y soñoliento cerró los ojos,

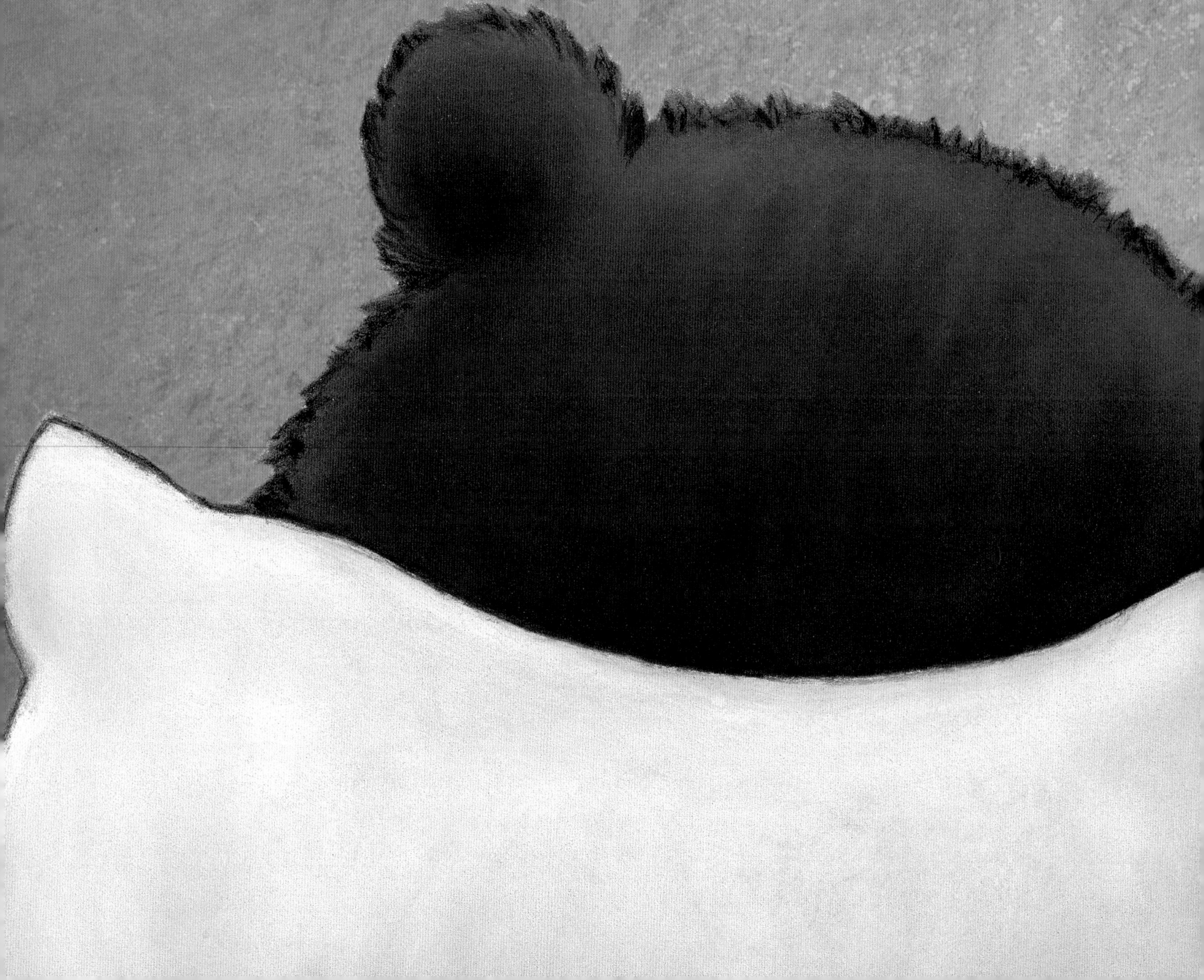

y el osito pequeño y soñoliento los cerró también.

Entonces el oso grande

y soñoliento cantó una nana:

«Cuando me acuesto

de noche a dormir,

cuatro angelitos

velan por mí.

Dos mi sueño guardan hasta el alba

y dos me
despiertan
por la
mañana».

Y el osito pequeño y soñoliento

cantó una nana también:

«Cuando me acuesto

de noche a dormir,

cuatro angelitos

velan por mí.

Dos mi sueño guardan hasta el alba

y dos me despiertan por la mañana».

Cada

vez

más

bajito...

hasta que el oso grande y soñoliento

cerró los ojos,

y el osito pequeño

y soñoliento

cerró los ojos

también.

El osito pequeño y soñoliento
pensó en la oscuridad
y en la luz de las estrellas,

y en que pronto dormiría

con la luna de compañía.

El oso grande
y soñoliento susurró:
«Buenas noches».

Y el osito pequeño
ya no contestó
porque al instante
se durmió.